AF349822

# 24 TAPISSERIES

## ANCIENNES

Sujets ayant trait à la Vie et aux Conquêtes

de Cyrus

## FAIENCES ITALIENNES

Mᵉ CHARLES PILLET      M. FEBVRE

COMMISSAIRE-PRISEUR      EXPERT

PARIS — 1869

**RENOU & MAULDE**

IMPRIMEURS DE LA COMPAGNIE DES COMMISSAIRES-PRISEURS

Rue de Rivoli, 144.

# CATALOGUE

DE

# 24 TAPISSERIES

## ANCIENNES

Sujets ayant trait à la Vie et aux Conquêtes
de Cyrus

## FAIENCES ITALIENNES

Des Fabriques d'Urbino, de l'Ombrie, de Gênes
de Castelli et autres

DONT LA VENTE AUX ENCHÈRES PUBLIQUES AURA LIEU

## HOTEL DES COMMISSAIRES-PRISEURS

RUE DROUOT, SALLE N. 2

### Le Samedi 23 Janvier 1869

A DEUX HEURES PRÉCISES

Par le ministère de Mᵉ **CHARLES PILLET**, Commissaire-Priseur,
rue de la Grange-Batelière, 10,

Assisté de **M. FEBVRE**, Expert, rue Saint-Georges, 14.

### EXPOSITION PUBLIQUE

Le Vendredi 22, veille de la Vente, de une heure à cinq heures

PARIS — 1869

## CONDITIONS DE LA VENTE

Elle sera faite au comptant.

Les Acquéreurs paieront CINQ POUR CENT en sus des enchères.

L'Exposition mettant le public à même de se rendre compte de l'état des Objets, il ne sera admis aucune réclamation une fois l'adjudication prononcée.

# DÉSIGNATION DES OBJETS

## ANCIENNES TAPISSERIES DE BOURGES

Quinze Tapisseries de l'ancienne fabrique de Bourges, représentant des Sujets ayant trait à la vie et aux conquêtes du roi Cyrus; toutes ces tapisseries sont encadrées de belles bordures avec figures allégoriques, signes du zadiacre, groupes de fruits et médaillons des paysages.

1 — Cyrus enfant dans les bras de sa mère. ————— 115.
Largeur, 38 c. Hauteur, 3 m. 35 c.

2 — Sujet représentant le roi Cyaxare reposant sous sa tente. ————— 215.
L. 1 m. 70 c. H. 1 m. 70 c.

3 — Le roi Cyaxare fiançant son fils. ————— 145.
L. 1 m. 75 c. H. 1 m. 08 c.

4 — Le roi Cyaxare acceptant Cyrus comme général en chef. ————— 900.
L. 1 m. 75 c. H. 3 m. 35 c.

5 — Départ de Cyrus, nommé commandant en chef des armées du roi Cyaxare, avec le fils de ce roi. ————— 400.
L. 3 m. 60 c. H. 3 m. 30 c.

6 — Cyrus et le fils du roi Cyaxare dans le camp. ————— 405.
L. 2 m. 20 c. H. 3 m. 30 c.

2,180.

R. 2.180.

7 — Le roi Cyaxare recevant un ambassadeur envoyé — 200.
par Cyrus. *basse de dessin de faille*
L. 1 m. 70. H. 1 m. 10.

8 — Cyrus ayant défait Crésus, roi de Lydie, à la cé- — 485.
lèbre bataille de Thymbrée, s'empare de ses États;
un guerrier à genoux lui offre la couronne.
*La plus grande de toutes*
L. 4 m. 10 c. H. 3 m. 45 c.

9 — Espion apportant des renseignements à Cyrus.
L. 1 m. H. 3 m. 30 c.

} 870.

10 — Espions arrêtés dans le camp de Cyrus.
L. 87 c. H. 3 m. 30 c.

11 — Cyrus ayant mis le siége devant Babylone, fait
détourner les eaux de l'Euphrate.
L. 1 m. 75 c. H. 3 m. 35 c.

12 — Cyrus, assis sur son trône, reçoit les trésors de — 405.
Crésus.
L. 3 m. 75 c. H. 3 m. 40 c.

13 — La reine Thomoris implore l'assistance d'un souve- — 330.
rain étranger. *La plus faible. —*
L. 2 m. 70 c. H. 2 m. 90 c.

14 — Cyrus dit le jeune surprend et attaque son frère — 405.
dans son camp.
L. 3 m. 80 c. H. 3 m. 20 c.

15 — Cyrus, ayant tourné les armes contre les Scythes, — 520.
tombe au pouvoir de la reine Thomoris, qui le fait
mourir et fait tremper sa tête dans un vase conte-
nant du sang.
L. 4 m. H. 3 m. 30 c.

5.390.

*Les 15 Tapisseries de*
*l'Histoire de Cyrus ont fait. . . . . . . . . . .*

16 — Panneau en tapisserie avec paysage, sujet Guerrier enlevant une Femme.

17 — Autre Tapisserie; panneau, paysage, figures et animaux.

18 — Autre Tapisserie avec le sujet du Loup et de l'Agneau.

19 — Trois Morceaux de bordures semblables à celles des premières tapisseries.

20 — Dessus de porte en tapisserie : Paysage avec animaux.

21 — Quatre Morceaux : paysages et animaux.

## FAIENCES ITALIENNES

1 — *Urbino*. Grand Plat avec sujet : la Vierge et saint Joseph adorant Jésus nouveau-né.

2 — *Urbino*. Deux Cornets ornés de feuillages et de médaillons de saints.

3 — *Urbino*. Deux autres Cornets avec médaillons : un Saint et un buste de Guerrier.

4 — *Urbino*. Deux autres Cornets, même genre que les précédents.

5 — *Urbino*. Autre Cornet avec médaillon : le Baptême de Jésus.

6 — *Castelli*. Deux grands Vases à couvercles, forme Médicis, ornés sur toutes les parties de paysages d'après Pierre Patel.

7 — Deux autres Vases de même grandeur et même genre de décor que les précédents.

8 — Deux grands Groupes en faïence de l'Ombrie, représentant des paysans fuyant leur chaumière enflammée et un dénicheur d'oiseaux.

9 — *Urbino*. Vase ovoïde, ornement en jaune sur bleu. Médaillon représentant un saint.
Daté 1613.

10 — *Castelli*. Grand Plat, riche bordure d'enroulements et de fleurs. Au centre, un écusson armoirié.

11 — *Savone*. Grand Plat ondulé, décor bleu avec quatre frises.

12 — *Castelli*. Deux Plats avec paysages d'après Patel.

13 — Très-beau Plateau en faïence italienne du XVIᵉ siècle, orné de deux frises d'arabesques. Au centre, un écusson armoirié.

14 — *Castelli*. Vase à goulot et à anses, décoré de personnages villageois.

15 — *Urbino*. Très-joli Plateau orné d'arabesques; au bord, ceintures à feuilles de laurier; au centre, un écusson aux armes d'un cardinal.

16 — *Urbino*. Autre Plateau hexagone, même genre de décor que le précédent; au centre, un buste de Femme.

17 — *De Gênes*. Vase cylindrique, décor en couleur : personnages de qualité en promenade.

18 — *Castelli*. Deux Plaques offrant des paysages animés de figures.

19 — *Castelli*. Deux grandes Plaques avec paysages et ports de mer.

20 — *Castelli*. Belle Plaque offrant un sujet allégorique ayant trait à l'histoire italienne.

21 — *Castelli*. Deux Plaques, l'une avec port de mer, l'autre avec paysages et édifice en ruines.

22 — *Castelli*. Deux Plaques avec paysages : cours d'eau et personnages.

23 — *Castelli*. Deux autres, même genre que les précédentes.

24 — Vase sphérique décoré d'un paysage avec fabriques.

25 — *Jacomo della Robbia*. Groupe en terre cuite, partie émaillée, représentant la Vierge tenant l'Enfant Jésus.

26 — *Savone*. Deux grands et beaux Vases à couvercles, anses à jour et à serpents enroulés; décor bleu représentant saint François recevant les stigmates.

27 — *Savone*. Deux autres Vases à couvercles, surmontés de figurines, anses à jour; décor bleu avec médaillons, emblèmes de la Foi.

28 — *Urbino*. Deux Vases avec médaillons : bustes d'un Roi et d'une Reine.

29 — *Urbino*. Bénitier d'aspect monumental; au centre, le Christ en croix et anges en ronde-bosse.

30 — *Urbino*. Bénitier avec colonnettes et anges en ronde-bosse soutenant une couronne.

31 — *Urbino*. Bénitier un peu plus grand que le précédent, même genre de décor.

32 — *Urbino*. Grand Bénitier offrant des séraphins et des anges couronnant la Vierge ; elle est placée sous un temple avec colonnes torses ; le bas avec mascarons.

33 — *Urbino*. Grand Bas-relief en ronde-bosse, représentant la Vierge au bas de la croix sur laquelle expire le Christ.

34 — *Urbino*. Plaque ovale représentant Marie enfant bénie par le grand-prêtre.

35 — *Costelli*. Grande Plaque avec le Couronnement d'épines, d'après les dessins de Van Dyck.

36 — *Castelli*. Plaque en hauteur représentant Jésus flagellé par deux soldats.

37 — *Caffagielo*. Vase cylindrique, décor bleu avec feuillages et mascarons.

38 — *Castel-Durante*. Vase cylindrique, décor jaune et bleu avec fleurs et feuillages.

39 — *Castel-Durante*. Deux Vases sphériques ornés de palmettes et de médaillons.

40 — *Castel-Durante*. Deux grands Vases sphériques ornés en bleu et jaune de fruits, de fleurs et de feuillages.

41 — *Castelli*. Pot à surprise et à anses, décor de paysages.

42 — *Castel-Durante*. Deux Vases sphériques ornés de fleurs et de fruits.

43 — Sous ce numéro, plusieurs Vases d'Urbino, Castel-
Durante et Castelli.

44 — *Urbino*. Très-beau Cornet, décor à palmettes et médaillon de Sainte.

45 — *Urbino*. Deux Vases sphériques ornés de rinceaux.

46 — *Castelli*. Trois Tasses avec leurs présentoirs, ornés
de paysages d'après Patel.

47 — *Castelli*. Deux Tasses à chocolat, décor de figures
mythologiques et de villageois.

48 — *Castelli*. Deux Tasses à anses décorées de paysages.

49 — *Castelli*. Trois Tasses ornées de paysages; les
soucoupes avec sujets d'Amours.

50 — *Castelli*. Tasse et sa soucoupe offrant une scène de la
vie privée et le sujet de Mars et Vénus.

51 — *Castelli*. Tasse et sa soucoupe ondulée, décor de
paysages.

52 — *Des Abruzzes*. Plusieurs Bustes de Souverains;
Gourdes et Pots.

53 — Hanap et son Plateau, décor de personnages.

54 — *Castelli*. Pot et sa cuvette; décor de paysages.

55 — *Caffagiolo*. Hanap, décor bleu avec feuillages et
médaillons en couleur, aux armes d'un cardinal.

56 — *De Gênes*. Pot à goulot, décor de personnages.

57 — *Catelli*. Grand Plat; au centre, un chasseur; sur le
bord, riche frise de feuillages et d'arabesques.

58 — *Castelli*. Autre Plat, même genre que le précédent, mais plus petit.

59 — *Castel-Durante*. Vase ovoïde, décor de frises à palmettes et médaillons avec saints.

60 — *Castel-Durante*. Vase ovoïde, orné d'une figure de femme vue de profil, d'un personnage, d'attributs de guerre et d'un médaillon : saint Charles Borromée.

61 — *Castelli*. Plaque : Jésus portant sa croix.

62 — *Capo di Monte*. Sucrier ovale avec décor gaufré en blanc.

63 — *Castelli*. Deux Plaques rondes, décor de personnages.

64 — *Castelli*. Plat avec le sujet de l'extase de saint François.

65 — *Castel-Durante*. Deux Pots à goulots, décorés de rinceaux.

66 — Deux autres même genre.

67 — *De Naples*. Deux Tabourets supportés par des griffons.                    (Modernes.)

68 — Deux autres ayant la forme de trois coussins superposés.                    (Modernes.)

69 — Corbeille en faïence, décor à personnages.

# FAIENCES DIVERSES

70 — Deux grands Vases à couvercle en faïence, émail brun, richement décoré en relief, de palmettes et de mascarons.

71 — Plusieurs Pièces en faïence de diverses fabriques.

72 — Deux Jardinières de forme ovale avec anses à dragons; décor bleu et jaune avec feuillages et fruits.

73 — Vase en faïence de Naples, émail bleu, décor en relief; fleurs, ornements et mascarons.

74 — Autre Vase avec plusieurs anses à jour et mascarons.

75 — Plusieurs Pièces en faïence seront vendues sous ce numéro.

---

# OBJETS DIVERS

76 — Boîte à bijoux avec sujet pompéien en ivoire incrusté : Chasse au sanglier.

77 — Autre Boîte, même genre que la précédente : deux Colombes en couleur sur fond noir.

78 — Table même genre, avec deux Gladiateurs.

79 — Dessus de table, même genre, orné de riches palmettes et d'une frise.

80 — Autre Table plus grande, avec imbrications; au centre, la tête de la Gorgone.

81 — Belle Garniture de cheminée, composée d'une pendule et de deux candélabres en bronze et bronze doré; sur la pendule, Enfants entourant une sphère; candélabres avec Enfants supportant les lumières.

81 bis — Un Narguillet ambre et cristal, monture argent.

82 — Vase en porcelaine de Sèvres moderne, décoré du buste de Claude Lorrain.

83 — Statuette en bronze moderne : la Pudeur.

84 — Autre Statuette : La Vénus de Milo.

85 — Sous ce numéro les objets omis.

Renou et Maulde, imprimeurs de la Compagnie des Commissaires-Priseurs, rue de Rivoli, 144.          20711

RED. :

19

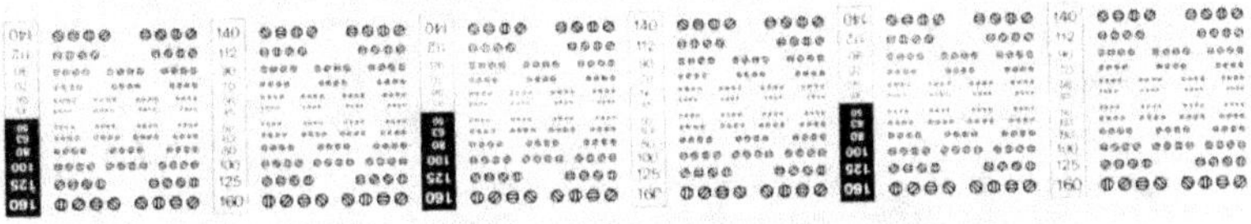